Un personnage de Thierry Courtin

25, avenue Pierre-de-Coubertin, 75013 Paris
ISBN : 978-2-09-257430-0
Loi n°49-956 du 16 juillet 1949
sur les publications destinées à la jeunesse,
modifiée par la loi n°2011-525 du 17 mai 2011.

Achevé d'imprimer en janvier 2019 par Lego, Vicence, Italie.
N° d'éditeur : 10250717 - Dépôt légal : février 2018.

T'choupi

part en vacances

Illustrations de Thierry Courtin

C'est les vacances !
T'choupi prépare son sac.
– Papa, regarde ! Je prends mon camion, mon ballon, ma girafe et...
– T'choupi ! Tu ne peux pas emporter tous tes jouets !

Maman appelle.
– Tu es prêt, T'choupi ?
Ce n'est pas le moment
de dessiner : on s'en va !
– Attends, je ne sais pas
où est Doudou !

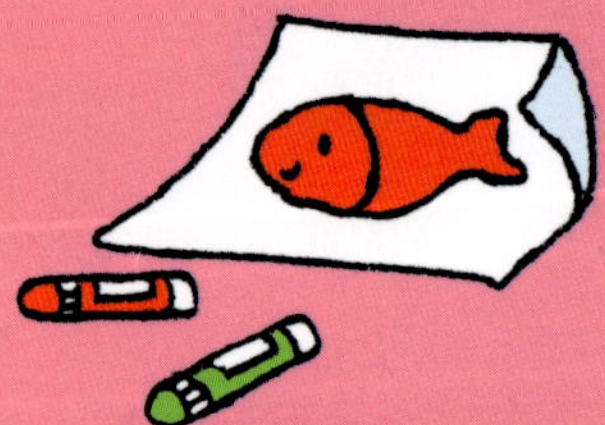

T'choupi arrive en courant.
– Ça y est, j'ai retrouvé Doudou !
– On peut y aller alors !

T'choupi s'installe à côté
de sa petite sœur, Fanni.
– Moi, je sais mettre
ma ceinture tout seul !
Vroum ! La voiture démarre…

Au bout d'un moment,
T'choupi se met à ronchonner.
– Papa, j'ai envie de faire pipi
et j'ai un peu faim !
– On va bientôt faire
une petite pause, T'choupi,
sois patient !

Finalement, papa s'arrête
sur une aire de repos.
T'choupi est content.
– Miam-miam ! Moi, j'aime
bien les sandwichs.
– Fanni avait très faim,
elle aussi ! dit papa.

Le pique-nique est fini,
papa range les affaires.
– Allez, T'choupi, on repart.
Tout le monde en voiture !
– Oh non ! je veux jouer
encore un peu... Vroum-vroum !

Une fois dans la voiture,
T'choupi s'ennuie.
– On arrive à quelle heure ?
– Bientôt ! dit maman. Et si
on jouait ? Le premier qui voit
une voiture bleue a gagné…
– C'est moi ! J'en vois une !

Soudain, Fanni se met
à pleurer.
– Et si tu lui chantais
une chanson, T'choupi ?
propose maman.
– « *Il était un petit homme,*
Pirouette cacahuète... »

Quelques minutes plus tard…
– Ça y est, on est arrivés !
dit papa.
T'choupi est tout étonné.
– Déjà ? Finalement, il est
passé vite ce voyage !